YJ 12207

CRITIQUE

DE

DENYS LE TYRAN;

+Ỹ

LETTRE

De Mr. JEAN DIAFOIRUS à Mr. FLEURANT,

Sur la Tragedie de DENYS LE TYRAN.

Le prix est de six sols.

OUS serez sans doute aussi surpris que le Public, mon cher *Fleurant*, de voir un Apoticaire s'ériger en Auteur, quoi-qu'à présent tout le monde s'en mêle, jusqu'aux Femmes. Vous m'avez souvent reproché, que je n'avois point d'esprit, comme si c'étoit ma faute; & cela pendant que je ne me pré-vaux pas d'avoir du bon sens, parce que je n'en suis pas cause. Vous savez bien cependant que j'ai fait mes Classes jusqu'en quatriéme inclusivement, & que si je n'ai pas continué mes Etudes, c'est que j'étois l'idole de ma chere mere, & que je ne pouvois m'accoutu-mer à avoir le fouet régulierement trois fois par semai-ne. Après tout, il n'y a pas grand mal à cela. Nous avons eu quelques bons Auteurs qui n'avoient pas étu-dié, & nous en avons beaucoup actuellement qui ont fait leurs Etudes, & qui ne sont pas excellens, quoi-qu'ils en disent. J'ai du moins cet avantage sur eux, que je ne m'en fais point accroire. Je n'ai pas été voir *Denis le Tyran* pour le critiquer sans quartier, suivant la coutume des Poëtes, dont, grace à Dieu, je ne suis pas du nombre : ni pour le préconiser avec emphase, comme font tant de prétendus connoisseurs, qui s'y connoissent peut-être moins que moi. Je n'y ai pas été-

A

me été pour m'amufer ; car franchement je n'ai point de goût pour les Tragédies modernes, & je me divertis infiniment davantage à voir notre gentil Arlequin, lorfque pour ne pas s'endormir, en attendant fon maître, il nous endort de la jolie hiftoire de *Marc Aurelio Imperator Romano*, qui va loger chez *Madonna Gafpara & Meffer Profper Sabatier*.

Pourquoi donc, me direz-vous, avez-vous été voir *Denis le Tyran*? Le titre feul devoit vous révolter, vous qui êtes fi bon & fi humain. Pourquoi ? Oh, voilà une plaifante queftion ! Eft-ce que fouvent on fait à Paris pourquoi on fait bien des chofes ? Y eft-on maître de fon tems ? Peut-on y difpofer de foi-même ? Je me fuis trouvé par hafard dans une agréable compagnie d'honnêtes gens, qui font fous des nouveautés. Ils m'ont propofé de me mener à la Comédie. Je m'en fuis défendu. Ils ont infifté vigoureufement. Moi, qui ne puis rien refufer, j'ai été ébranlé. De jolies Dames font venues à l'apui. Le moyen d'y tenir ! On m'a entraîné ; on m'a prefque fait caffer le cou en defcendant l'efcalier ; on m'a pouffé dans un Caroffe ; on eft arrivé comme un trait d'arbalête ; on m'a jetté de la portiere dans l'Hôtel des Comédiens, & je me fuis vû aux Loges avec ma généreufe fociété, que je n'étois pas encore remis de mon avanture.

Mais s'il ne m'en a rien coûté pour le Spectacle, je l'ai cruellement payé par le chagrin qu'il m'a fait, & je vois maintenant que c'eft un tour que l'on m'a joué. Je ne m'y ferois pas attendu de la part de fi braves gens, & je ne m'en fuis douté qu'à la derniere Scène du dernier Acte. Je vous le répete, c'eft un guet-à-pens ; c'eft un affront que l'on a voulu faire à notre refpectable profeffion en général, & un foufflet que l'on a été bien-aife de me donner en mon particulier. Comment, mon cher *Fleurant*! Dans le siécle où nous vivons, on n'a plus de vénération pour rien. Le croiriez-vous?

Denis le Tyran vient sur le Théâtre mourir empoisonné. Ce n'est pas sa mort, au moins, qui me fait de la peine. N'allez pas vous mettre cette idée dans la tête. Quelque compatissant que je sois, je n'ai nulle pitié des Coquins ni des Scelerats; & celui-ci est l'un & l'autre à un tel excès, que si j'avois été à la place de l'Auteur, je l'aurois fait tirer à quatre chevaux. Mais ce qui me révolte, sur tout dans cette catastrophe, c'est que ce Tyran est là un quart d'heure à nous parler des tourmens que le poison lui fait souffrir, & qu'il ne songe point du tout à y remédier, par les préservatifs & les antidotes que notre Art peut fournir en pareil cas. Sentez-vous à présent le motif de ma colere & de mon indignation? Appercevez-vous les conséquences pernicieuses d'un exemple de cette nature? Reconnoissez-vous combien un mépris si inusité & si criant de notre profession, la dégrade & lui fait de tort? Pour moi, je n'en puis revenir, & je suis si outré contre l'Auteur, que s'il n'y avoit que moi d'Apoticaire dans Paris, & qu'il eût besoin de Câsse ou de Rhubarbe, pour se tirer des mains des Médecins, il n'en trouveroit pas un grain dans ma Boutique.

M'objectera-t'on qu'il n'y avoit pas d'Apoticaires sous le regne de *Denis le Tyran*? On auroit en cela très-mauvaise grace; car je suis un peu savant, quoique je n'aye pas étudié. *Esculape*, dont on a fait un Dieu, n'étoit-il pas Médecin dans le tems de la guerre de Troye, plusieurs siécles avant le Héros de la Tragédie nouvelle? Et s'il y avoit des Médecins dans l'antiquité, il y avoit des Apoticaires, aussi-bien que des Chirurgiens; car un Médecin étoit tout cela à la fois. Et je n'en donnerai point ici d'autre garant que Mr.

Rollin, qui dit dans son *Hiſtoire ancienne*, Tome II. p. 437. *Eſculape étoit regardé comme l'inventeur de la Médecine, & il l'avoit dja portée à une grande perfection, par une profonde connoiſſance de la Botanique, par l'aprêt des médicamens & par les opérations de la Chirurgie; car toutes ces parties n'étoient point ſéparées de la Médecine, & ne faiſoient toutes enſemble qu'une même Profeſſion.* M^r. *Rollin* fait même, à la page ſuivante, les Apoticaires plus anciens que les Médecins; & il a raiſon, témoin *Medée*, qui faiſoit les plus jolis Breuvages du monde.

Or, voilà ce qui m'a mis de mauvaiſe humeur contre la Tragédie de *Denis le Tyran*, que je n'avois pas beaucoup examinée, parce que je m'y ennuyois.

Mais j'y ai retourné pour m'en venger, & j'y ai trouvé bien d'autres défauts, même encore dans l'article du poiſon. Quand ce vilain Tyran, par exemple, ſent qu'il va expirer, parce qu'il n'a pas l'eſprit d'avaler du Contre-poiſon, il ſe reſout, pour mourir comme il a vécu, à faire égorger ſon fils. On arrête le bras du Meurtrier, & le fils, dans un tranſport de douleur & de reſpect, ſe jette aux pieds de ſon pere. Alors le Tyran veut lui-même aſſaſſiner ce fils malheureux, & plein de vertus. Il tire un Poignard pour fraper ſa Victime; mais dans l'inſtant & à point nommé, le poiſon fait ſon dernier effet, le Poignard tombe, le Coquin expire, & l'honnête Homme eſt ſauvé. Cela eſt fort heureux, au moins. Une ſeconde plus-tard, c'étoit tout le contraire. Il y a bien des gens qui prétendent que ce coup de Théâtre eſt fort beau. Je ſuis fâché de ne pouvoir penſer de même. Mais j'y trouve trop de haſard, pour y reconnoître de la raiſon. Il eſt vrai qu'il y a quelque choſe de ſemblable dans le *Mahomet* de M^r. de V. Mais je ne ſais pas ſi cet exemple eſt juſtificatif.

'Autre défaut encore dans le fait du Poifon; car il en a plufieurs, & il femble que ce foit une punition du mépris qu'on y a ofé faire d'un Art auffi utile & auffi honorable que le nôtre. *Aricie* réduite, pour fauver fa Patrie & le Fils de *Denis* qu'elle adore, à époufer le Tyran qu'elle détefte, trouve le fecret, malgré mille obftacles qui pouvoient la trahir, de faire empoifonner la Coupe nuptiale. Le Tyran, qui a encore la bêtife de ne pas faire effayer le Breuvage par quelque Efclave, quoique jufques-là on nous l'ait peint comme un Homme rongé d'allarmes & de foupçons; le Tyran, dis-je, boit le premier, fans fcrupule & fans défiance, dans la Coupe empoifonnée. La Mariée en fait autant, & s'empoifonne après lui. A quoi bon cela, je vous prie? Quel befoin a-t'elle de mourir? Oh, par ma foi, c'eft être la dupe de fon bon cœur. Je n'aurois pas été fi bon, moi, & après avoir fait boire le Poifon au Tyran, je n'en aurois pas fait à deux fois, & je lui aurois jetté le refte au vifage.

J'en étois là, lorfque défirant par dépit, de découvrir d'autres fautes dans *Denis le Tyran*, & n'y en trouvant plus, parce que ce n'eft pas mon métier que la critique, je me fuis fort à propos rappellé que j'avois dans ma Maifon Mr. *Brillantin*, un Poëte à la mode, un grand génie, qui tout jeune qu'il eft, a déja fait deux Opéra Comiques & une Comédie Italienne. C'eft un de mes Locataires, qui loge au cinquiéme. J'y ai grimpé au plus vîte, dans la certitude morale qu'il me feconderoit de toutes fes forces, d'autant plus qu'il ne me paye pas trop bien. Mais que j'ai été trompé dans mon efpérance! Hé bien, mon cher Hôte, m'a-t'il crié, dès qu'il m'a vû. Avez-vous été voir *Denis le Tyran*? Oui, vraiment, & pour mes péchés, lui ai-je répondu. Comment donc, a-t'il repris avec furprife, & en recu-

A iij

lant trois pas en arriére ? Comment ! Eſt - ce que vous n'en êtes pas enchanté ? Hé a-t'on jamais rien fait de plus beau ? Dans quelle Tragédie voit-on des ſitua- tions ſi touchantes, ſi intéreſſantes, ſi pathétiques, & des coups de Théâtre ſi frappans, ſi brillans, ſi ſaillans ? Quelle autre Piéce étincelle de Vers plus nombreux, plus pompeux, plus ſublimes ? J'en excepte pourtant les Ouvrages incomparables de l'immortel V. qu'on ne pourra jamais imiter, parce qu'il n'a jamais imité per- ſonne. Et mais, vous m'étonnez, M. *Jean Diaſoirus*. Gardez-vous bien, & c'eſt un conſeil d'ami que je vous donne ; gardez-vous bien d'aller révéler à d'autres qu'à moi votre injuſte dégoût pour une Piéce excellente. Vous vous feriez ſifler ſans miſéricorde ; vous vous des- honoreriez dans le monde, je vous en avertis ; & je ſe- rois au déſeſpoir de loger chez un *Diaſoirus* ſiflé & des- honoré.

J'interrompis alors cette impertinente déclamation. Tout beau, s'il vous plaît, tout beau ! Qu'appellez- vous deshonoré, M. *Brillantin* ? Deshonoré, vous- même. Il n'y a que le Vice qui deshonore, entendez- vous ? Le bon ſens ne fait point un tel effet, même dans ce Siécle où l'on en fait ſi peu de cas. Et à la honte de l'eſprit, qui y eſt ſi fort à la mode, ce dernier en eſt plus ſuſceptible que l'autre. Hé quelle honte y a-t'il à raiſonner ſenſément ? A propos, tenez, en voici un eſ- ſai, & je m'y borne avec vous, car je n'aime pas à diſ- puter avec les beaux Eſprits. Entr'autres défauts de la Tragédie, que vous prônez d'un ton ſi hyperbolique ; dites-moi un peu d'où vient que *Denis le Tyran*, qui a bû le Poiſon le premier, meurt le dernier, & qu'*Aricie* expire, dès qu'elle l'a avalé ? Voyons, voyons donc comment l'eſprit vous tirera de ce mauvais pas. Fort aiſément, répondit-il d'un air plus poſé. Je n'empruterai point pour cet effet ce qu'a dit un Plaifant, *qu'un Tyran avoit la vie plus dure qu'une jeune fille.* Je ferois démenti par *Thomas Corneille*, qui dans fa Tragédie de *Camma*, après avoir fait empoifonner *Camma & Sinorix* dans la Coupe nuptiale, fait mourir le Tyran avant la Princeffe. Et là-deffus je vous apprendrai, à vous qui devriez le favoir, que l'Auteur ancien & le Poëte moderne font tous deux juftifiés par une raifon phyfique, qui eft que le fond d'une liqueur empoifonnée a plus de force & de vertu que le deffus : ce qui fait que lorfque vous nous donnez une Médecine à prendre, vous nous en faites boire jufqu'à la lie. Et voilà pourquoi *Denis*, empoifonné le premier, meurt le dernier, comme *Sinorix*, empoifonné le dernier, meurt le premier. Fort bien, ai-je réparti. Ce que c'eft que l'efprit! Mais un moment, je vous prie. Il me femble que vous condamnez le nouvel Auteur, en voulant le juftifier. Si je vous conçois bien, il y a donc de la reffemblance dans le dénouement de *Camma* & de *Denis le Tyran?* Sans doute, a-t'il repris, & une reffemblance parfaite. Mais qu'importe? Loin qu'on en doive blâmer celui que je loue, on lui doit pour cette liberté un nouvel éloge. L'ufage de piller les vieux Poëtes, eft un privilége acquis maintenant aux nouveaux Auteurs; & ce droit eft auffi légitime que raifonnable, puifque fans cela on perdroit les beautés de beaucoup de Piéces qu'on ne lit plus. Ce font des dépouilles, ou plûtôt des tributs, que le Siécle paffé doit à celui-ci, qui l'emporte de beaucoup par la délicateffe & la nobleffe des fentimens, par la jufteffe & la folidité du goût, & furtout par la fineffe & la perfpicacité de l'efprit. Auffi voit-on infenfiblement tomber & périr ces anciens chef-d'œuvres tant vantés, & qu'on ne regarde plus que comme de vieilles Médailles. Quoi! lui ai-je dit, *Moliere*, *la Fontaine*, *Boileau*, *P. Corneille*, *Racine*... Et oui, a-t'il repris, antiquailles que tout cela. Le gout est bien changé.... Quoi, *Moliere*, & *la Fontaine*, les Interprétes de la Nature?.... Oui vraiment.... Quoi, *Boileau*, l'Oracle de la raison?.... Oui, vous dis-je..... Quoi, le grand *Corneille*, le Peintre de l'héroïsme, & *Racine*, le Poëte du cœur?.... Et oui, encore une fois. Hé bon Dieu, qui est-ce qui les estime, & qui se soucie de leur ressembler? Et pour ne parler que de *Racine*, tenez, mon cher *Diafoirus*, il y a de beaux Esprits, & même des Poëtes illustres, qui vous diront que sa versification est lâche & prosaïque, & que son *Athalie*, entr'autres, est mal écrite...... Oh pour le coup je suis devenu furieux. Allez, Mʳ. *Brillantin*, lui ai-je répliqué, vous ne savez ce que vous dites..... Pour en juger, Mʳ. *Diafoirus*, vous y connoissez-vous?.... Vous avez perdu l'esprit...... Vous ne risquez pas, vous, de perdre le vôtre..... Sotises que tout ce clinquant. Voulez-vous que je vous parle vrai, Mʳ. *Brillantin*, & que je vous fasse voir la différence qu'il y a de vous à moi? La voici. Je n'ai point d'esprit, moi; mais j'ai du bon sens. Vous avez de l'esprit, vous; mais vous n'avez pas le sens commun, non plus que bien d'autres: Et tout de suite, dans la rage où j'étois, je lui ai signifié son congé. Là-dessus grand bruit, cris, injures, invectives. Je ne me possédois pas. J'ouvre sa porte avec emportement, & tout hors de moi-même, je ne sais si j'ai manqué le premier degré de l'escalier, ou si un pied que j'ai rencontré, a fait porter le mien à faux; mais j'ai roulé du haut en bas de l'étage où j'étois, le corps envelopé par un grand fantôme noir, que j'envelopois aussi, & que je n'ai reconnu qu'au bout de notre chute commune pour Mr. *Agatophile*. Ah, mon cher, lui ai-je dit, après nous être relevés, ne vous êtes-vous pas blessé? Non, Monsieur, m'a-t'il répondu fort gravement. Mais vous, ne vous êtes-vous pas fait mal? En aucune façon, ai-je repris. Pouvois-je m'en faire dans les bras de la Philosophie? Alors *Brillantin*, bon enfant dans le fond, nous a joints, en nous témoignant le chagrin où il étoit d'avoir été la cause innocente de notre cullebute. Je les ai tous deux fait descendre chez moi, & après nous être remis le cœur à tous trois par un coup de ratafiat de Neuilly, j'ai fait revenir *Denis le Tyran* sur le tapis, en disant, que sa méchanceté alloit jusqu'à nous faire du mal deux mille ans après sa mort. Ah! j'entends, s'est écrié *Agatophile*. Le démon du théâtre a semé entre vous la discorde, & la contagieuse manie de juger les Auteurs & les Pièces dramatiques, qui a enforcelé jusqu'aux sots, est venue ici violer les droits de l'hospitalité. Oh, cela n'est pas bien. Il faut que l'union & la paix regnent entre voisins, & je me félicite, malgré mon saut périlleux, de m'être avisé de venir voir notre ami *Brillantin*, puisque cette visite me fournit l'occasion de vous mettre d'accord. Je prends quelquefois la liberté de lui donner des avis sur ses ouvrages & sur ses opinions, & je ne désespere pas de le mettre quelque jour dans le bon chemin. Vous vous êtes donc échauffés pour & contre *Denis le Tyran*? Hé bien, qu'en pensez-vous? Là, voyons, parlez sans façon. Je trouve cette Tragédie admirable, a répondu *Brillantin*. Et moi, ai-je riposté, je la trouve détestable. Ni l'un, ni l'autre, a repris *Agatophile*. Vous donnez tous deux dans des excès assez communs à Paris, où souvent le même ouvrage paroît excellent aux uns, & pitoyable aux autres. Point de milieu pour ces gens-là; ils semblent être faits pour les extrémités. J'en conviens, a répliqué *Brillantin* ; mais quel inconvénient y a-t'il à être extrême dans la louange, ou dans la cenfure, lorfqu'on en a de bonnes raifons ? Dans le fait dont il s'agit, le Public ne me donne-t'il pas gain de caufe ? *Denis le Tyran* n'a-t'il pas un fuccès brillant ? Tout le monde n'y court-il pas en foule ? Bon ! a reparti *Agatophile.* Eft-ce que le fuccès heureux ou malheureux d'une Piéce fur le Théatre prouve quelque chofe ? N'a-t'on pas vû des Tragédies & des Comédies excellentes y tomber, & d'autres qui étoient parfaitement mauvaifes, y réuffir ? Mais vaine cataftrophe ! frivole triomphe ! Le Public revient tôt ou tard de l'illufion du Théatre. L'impreffion & le tems deffillent fes yeux, & il eft tout étonné d'être obligé, par un examen éclairé & judicieux, de fubftituer réciproquement aux objets de fon mépris, ceux de fon admiration...... D'accord, M.ᵣ *Agatophile,* & je fais qu'il y en a plus d'un exemple même dans ce fiécle-ci. Mais *Denis le Tyran* n'a point cette révolution à craindre. Ne m'avouerez-vous pas que l'Auteur verfifie avec une force & une élevation extraordinaire ? Et pour vous en donner un échantillon, ne font-ce pas là des vers magnifiques ?

C'eft dans ce fang impur que la foudre s'éteint.....
- Et ma main à regret laiffa partir la foudre.....
  Le laurier des vainqueurs fe flétrit fur leur tête.....
  Le glaive de la mort eft fufpendu fur moi.....
  Le doigt de la vengeance a tracé fon devoir.....
  Le bras de la vertu.......

Nous y voilà juftement, a dit *Agatophile,* en interrompant tout à coup le récit faftueux de *Brillantin,* qui fe préparoit à continuer. Oui, nous y voilà. Hé bien, mon cher ami, ces vers que vous citez avec tant d'emphafe, ces vers aufquels on pourroit en joindre beaucoup d'autres, & que vous prétendez être admirables, font précifément ceux qui méritent d'être fiflés. Tel eft l'abus d'un art, où tant de gens s'ingerent de s'exercer, fans l'avoir apris. Ils font Poëtes, ou du moins ils font des vers, & quelque genre qu'ils choififfent, ils s'imaginent que tous les tons & toutes les couleurs y conviennent. Ils ne favent pas, que la Tragédie, la Comédie & le Poëme épique, comme toutes les autres fortes de Poëfies, ont chacune leur langue à part, & qu'il eft vicieux de confondre ces différentes langues, comme il feroit ridicule de prêter au chagrin le ftile de la joie, & au plaifir le langage de la douleur. Encore un coup, voilà l'erreur prefque commune, où un Modele fingulier & trop accrédité a jetté de trop aveugles imitateurs. On fe figure que l'on ne peut être Poëte fans être enthoufiafte; & fur cet abfurde principe, vous voyez, en dépit du gout & du jugement, paffer jufques dans la grave & fimple Epître les écarts & la fougue du Dithyrambe.

Mais, pour revenir à *Denis le Tyran*, tous les vers que vous nous en avez récités, ainfi que bien d'autres de la même Piéce, font des vers épiques, qui employés dans une Tragédie ne font pas à leur place. *Non erat hic locus*, a dit un ancien Poëte, qui en favoit plus que tout notre Parnaffe moderne. Mais quand ces vers là feroient bien où ils font, quand tous ceux qui compofent la Piéce, feroient encore meilleurs; en un mot, quand *Racine*, rendu à notre fiécle pour l'éclairer auroit enrichi la Piéce nouvelle de la beauté de fa verfification, dont fi peu de Lecteurs connoiffent le prix, cette Tragédie, avec ce rare ornement, ne feroit pas encore une Tragédie admirable. J'ofe donc vous dire ici, que les vers font la moindre partie d'un ouvrage dramatique. L'essenciel en est le sujet, la conduite, les caracteres & les sentimens ; & c'est là-dessus que je vais examiner *Denis le Tyran*, le plus succinctement qu'il me sera possible.

Je ne dirai qu'un mot du sujet. L'Auteur auroit pû mieux choisir. Quel intérêt veut-il que nous prenions à son Héros, qui n'est qu'un scelerat ? Si du moins, il avoit ramené cet intérêt sur les seconds personnages de la Piéce, comme ont fait habilement des Poëtes encore vivans, & avant eux *Racine* dans son *Mithridate*, je n'aurois rien à dire à cet égard. Mais *Aricie* & le fils du Tyran intéressent-ils ? Hé qu'est-ce qu'une Tragédie sans intérêt ? Car c'est là où sur-tout il en faut, & non pas dans la Comédie, comme le pensent nos Novateurs, & ceux qui les admirent.

J'aurois bien des choses à censurer dans la conduite de la Piéce. Mais je m'en tiendrai à deux points de la derniere importance. C'est une régle certaine, c'est un principe invariable, qu'un ouvrage dramatique est comme un bâtiment, où nulle pierre, nulle solive, nul chevron ne doit être inutile. Or, je demande en quoi le premier Acte, & la premiere moitié du second tiennent à l'action de la Piéce. Qu'est-ce que produisent pour cette action les guerres de l'Epire & de l'Afrique, qui occupent la place que je viens de désigner, qui s'évanouissent en projets sans effet, & dont il n'est plus question pendant tout le reste de la Tragédie ? Il y a plus. Tout ce reste-là ne roule que sur un pivot fragile & ruineux. *Denis* aime & veut épouser *Aricie*, maîtresse & amante de son fils. *Aricie* y consent, dans l'espérance de le rendre vertueux, & c'est la condition qu'elle lui impose. Le Tyran en conclut, qu'elle exige de lui qu'il quitte la couronne, comme si la souveraine puissance étoit incompatible avec les vertus, & *Aricie* le laisse dans cette erreur de droit & de fait, qu'elle pouvoit détruire par des raisons aussi solides que brillantes, & entr'autres par celle-ci, qui rentre dans le but d'*Aricie*, savoir que ce n'est que sur le trône que *Denis* peut laver & réparer ses crimes. On remarque là sensiblement la main de l'Auteur, qui avoit besoin de faire encore trois actes. En effet, cette fausse idée de *Denis*, autorisée par le silence d'*Aricie*, induit le Tyran à se persuader, qu'elle ne veut le faire descendre du trône, que pour y faire monter son fils. De-là l'emprisonnement de ce fils, sacrifié à une équivoque, la résolution prise par un pere dénaturé de le faire mourir, l'éclat de la conspiration faite contre le Tyran, la situation critique où se trouvent tout à la fois *Denis* & son fils, *Aricie* & son pere, chef de la conspiration, & tout le peuple, qui est obligé de donner des otages au Tyran. De-là enfin le mariage d'*Aricie* avec lui, pour sauver tout le monde, & leur commun empoisonnement par elle-même, qui meurt gratuitement & en pure perte. Or pour conclure cet article, un édifice est-il stable & durable, lorsqu'il n'est bâti que sur de pareils fondemens ?

Pour ce qui est des caractéres, ceux de *Denis* & de *Dion*, pere d'*Aricie*, sont manqués. Il s'en faut bien que ce *Dion*, qu'on nous donne pour un homnête homme, soit le *Burrhus* de *Racine*, qui, dès qu'il connoît *Neron* pour un scelerat, dit à *Agrippine* :

Madame, il faut quitter la Cour & l'Empereur.

D'ailleurs, quand il auroit de bonnes raisons pour rester si long-tems attaché en apparence au Tyran, la fourberie & la trahison, dont il paye les bienfaits & la confiance de son maître, portent une furieuse atteinte

fa droiture & à fa probité. Le caractére de *Denis* ne
-vaut guéres mieux. Dans fon monologue & dans la
:fcene fuivante avec *Damoclès*, le *Narciffe* de la Piéce,
il eft dévoré de remords dignes de *Titus*, qui dans
:*Racine* fe reproche fes égaremens à la Cour de *Neron*.
Un Tyran parfait ne fent point de remords, ou il les
:étouffe; & s'il arrivoit qu'il ne pût s'empêcher de les
exhaler, il fauroit bien en juftifier les motifs. Mais en
revanche, les caractéres du fils de *Denis*, & fur-tout
d'*Aricie*, font fort beaux. C'eft là le triomphe de
l'Auteur, & il faut avouer que de fi folides beautés
:étoient dignes de féduire tout le monde.

· Je viens d'empiéter fur les fentimens répandus dans
la Piéce; car ils doivent être compris dans les éloges
que je donne aux caractéres d'*Aricie* & de fon amant,
que ces fentimens embelliffent par tout d'une maniére
peut-être quelquefois trop étincelante & trop fenten-
:tieufe. Ainfi je n'en dirai pas davantage. ·

· Au refte, malgré les défauts que je viens de relever, & quantité d'autres que je pourrois relever encore, un pareil ouvrage ne peut que faire honneur à
un homme de vingt-cinq ans. La fituation neuve d'*A-*
ricie & du fils de *Denis* au quatriéme acte, & l'admirable monologue de cette vertueufe & courageufe
citoyenne au cinquiéme, où elle fe détermine à faire
périr le Tyran au pied des Autels, outre la nobleffe,
l'élégance & l'amenité de la verfification, tout cela
décele & annonce les talens du Poëte. Mais la carriere
où il entre eft fi épineufe, que plus on a de connoif-
fances & de lumieres, plus on y découvre de difficultés
& de périls; & c'eft à ce genre fur-tout, j'entends la
Comédie comme la Tragédie, qu'on pourroit appli-
quer en particulier ce que l'Auteur de l'excellente
Epître de Clio, applique en général à toutes fortes de

Poëſies, *que l'on n'y ſort jamais d'aprentiſſage.*

J'exhorterois donc l'Auteur de *Denis le Tyran*, ſi je le connoiſſois, à étudier les maîtres, *Ariſtote, Horace*, & même d'*Aubignac*, & les modeles, *Sophocle, Euripide, Corneille*, & principalement *Racine*, auſſi bien que Monſieur . . . . . . (Ici *Agatophile* nous a dit le nom de ce fameux Poëte, dont un âge trop avancé a privé le théatre, & ſi je le ſupprime ici, c'eſt pour ne pas bleſſer ſa délicateſſe.) Mais en admirant, a-t'il ajouté, dans ces trois grands Auteurs tragiques, les vraies beautés puiſées dans les ſources de la raiſon, & dans le ſein même de la Nature, & qui frappent également tout le monde, il faut tâcher d'y découvrir & d'éviter, s'il eſt poſſible, les défauts échappés à l'humanité. C'eſt par ces routes, à la vérité longues & pénibles, qu'un Poëte, né avec du génie & du gout, qui ne font rien de bon l'un ſans l'autre, peut un jour approcher de la perfection, s'il n'eſt pas donné à l'homme d'y parvenir.

Agatophile a terminé là ſon diſcours, dont j'ai en vérité été charmé par plus d'une raiſon, & que je l'ai prié de me donner par écrit, dans la crainte d'en oublier le moindre mot. Le pauvre *Brillantin* eſt reſté muet & confus, & je l'ai laiſſé retourner dans ſa chambre, avec ſon ami, ſans vouloir m'applaudir de ma victoire, ni inſulter à ſa defaite.

Je ſuis, mon cher *FLEURANT*, &c.

APPROBATION.

Lu & approuvé par moi Censeur pour la Police, ce 23 Février 1748.

Vû l'Approbation, permis d'imprimer à la charge d'enregistrement à la Chambre Syndicale, ce 24 Février 1748.

BERRYER.

Regiſtré ſur le Livre de la Communauté des Librai-res & Imprimeurs de Paris, N°. 3224. conformément aux Réglemens, & notamment à l'Arrêt du Conſeil du 10 Juillet 1735. A Paris ce 2 Mars 1747.
Signé, G. CAVELIER, Syndic.

A PARIS,

De l'Imprimerie de P. PRAULT, Quay de Gévres. 1748.

Et ſe vend

Chez CLÉMENT, Libraire à l'ancien Hôtel d'Ecoſſe, rue des Petits Auguſtins, vis-à-vis celle des Marais.